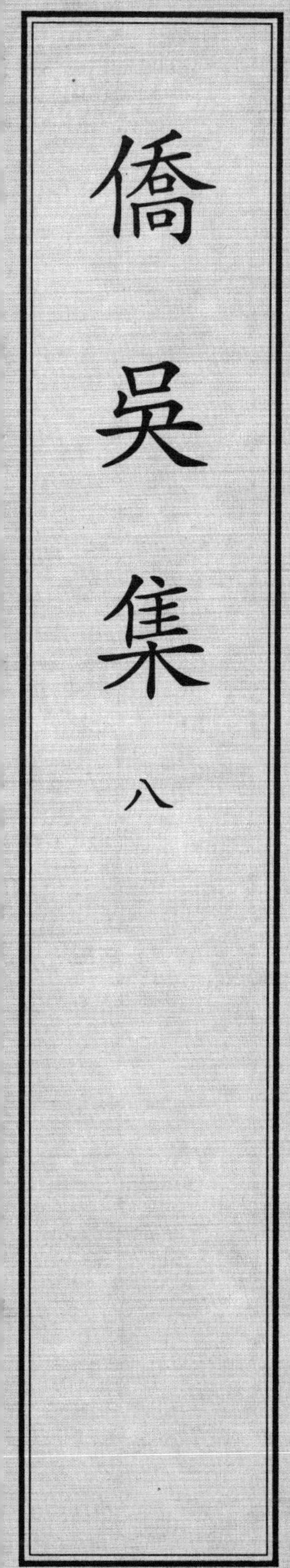

僑吳集

八

僑吳集卷十二

行狀

遂昌鄭元祐明德著

元故昭文館大學士榮祿大夫知祕書監鎮太史院司天臺事贈推誠賛治功臣銀青榮祿大夫大司徒上柱國追封申國公謚文懿湯陰岳鉉字周臣第二行狀

曾祖諱天祐字賢佐金太醫院副行司天臺事

祖諱熈載字壽之金司玄大夫贈資善大夫集賢院學士上護軍追封南陽郡公謚簡惠

考諱壽字椿卿贈榮祿大夫大司農柱國封申國公謚僖成

岳淂姓遠矣由唐虞三代降至漢唐五季無大顯者及宋渡南而太師岳王起相州湯陰縣事宋高宗用功名顯著于天下若其忠義大節則尤冠絕古今王薨而家南徙子孫在北方者更兵燹禍亂分徙于燕遂為燕人者公之家是也院副公精於推步占候之學盈虛消息之道仰觀於上俯察於下究於天之道而不忒驗於人之事而脗合且攻軒岐難素諸書方是金所策士有精通玄象科博贍醫藥科其選甚精最與儁衍同院副能以其學連中兩科累官至太醫院副使行司天臺事簡惠公幼而警敏稍長讀書五行俱下日記幾萬言正大間亦以玄象科登第授司玄大夫簡惠既以占候之學起其家於是甚有所論述有天文精義賦天文祥異賦列舍史傳星總主管等書金南遷從宣宗都汴迄金之亡後還燕用其所學進見 太宗皇帝既以推驗無不應者遂以天文屬之公逮僖成公用其家學事闊端太子行司天臺太子征行屯戍十餘年間無一日不以公自隨也禡牙建陣掩襲攻取多諮於公而後行配張夫人夢神

抱嬰兒下雲間接之夫人者夢覺而生公公在孩抱即警敏異群
兒髫鬌便嗜學時北南阻脩國家起朔漠戡金定中國書籍經
喪亂其得見者蓋甚寡有以資治通鑑示者公見大喜即手鈔
成帙晝夜伏讀故公於史傳君臣治政之美惡世統脩為之長
短禍福倚伏之兆興壞理亂之迹餘二千年間槩不異於燭照
枚計而周知也若夫觀天之道由院副公来三世于茲矣年未
冠自通姓名見劉太保劉方得列舍星總等書讀之有疑碍無
從質問知公司天岳氏子孫試扣之公得書即掩捧以其義歷歷
語太保大奇之翌日即以公見　世祖皇帝顧謂太保曰是兒
骨髮聳秀目光爍人俾之觀天其有契於玄象必矣是日降旨
許公出入禁近時至元十年也至十三年陞接中議大夫司
天臺提點廿四年乃顏反北方勢張甚上親征命公從軍凡屯

行日時營壘止作乘機邀利皆命稟於公先是上無意於必殺
故親御象輿以督戰意其望見車駕必就降鋒既交兩陣矢激
射幾蔽天乃顏悉力攻象輿時公已勸上下輿御馬矣平章李
罕山固請以其衆陷陣而入盡殲乃顏非上意也先是上行殿
西南塵起漲天衆謂賊且大至公曰是將有粮儲以餉我師毋
驚已而槖駝八百載皇后所進糗糒以餉軍公之精於占侯皆
此類也乃顏平車駕還京策勳行賞擢授嘉議大夫知祕書監
賜玉帶一金織幣四端自是親信深篤公徃徃入奏事帝后雖並
坐上必問曰御豈有欲言者乎無所言則已將有意於敷奏雖
皇后亦起避親王大臣望見未嘗不歎羨其得君也公益感激
遂抗章言以為臣所職者天文所司者測候然天道遠而人道
迩天道幽而人道著古之聖王其於敬天恒若對越其於勤民

恒切撫馭是故勤民者敬天之實古人謂敬天以實不以文向
謂實茂選賢才使居相位一相既得其人則必慎簡詳條布列
中外進則盡忠獻納以廣上之聰明退則修身齊家以宣布上之
德澤刑賞當功罪而必信賦歛罷誅求以養民是皆敬天之實
也夫紫微上宮三師上輔皆環拱帝座下應宸極由此為輔相
者天豈可以非其人哉時權姦桑哥當國故公言及之是年尚
書省以民間逋負係官錢粮桑哥奏立徵理司設官置吏使輒
將命者旁午於道所在貪墨吏並緣為姦欺民貲產破蕩不足
償至榜繫猶纍纍相屬民間騷然幾無以存活時彗星見方掃宿
指處山崩地震上春秋高權姦方務蔽塞聰明而其威燄軋天
下人懷私憤無敢為言者公竊歎曰我家恩遇厚矣懼禍不言
是孤聖主時從獵柳林以從容諫諷大意以為臣職司乾象所當

言者日月之推移或失經星辰之飛流或失度今天垂象星耀
光芒地震動坤道失其常況皇上聖躬違和皆大臣欺聖明虐
黎庶所致非除舊布新洗濯昔穢則何以回天心釋民怨於是
上即柳林命詞臣草詔大赦天下比使臣馳至闕命百官具朝
服詣崇文門聽德音顙哥知有赦乃大驚馳詣柳林密令其黨
與察上近臣敢啓沃者其黨以公對顙哥大怒名公詰責公徐
言曰某所言者天象宰相大臣不當與聞顙哥怒愈甚至令人
以權捶公者二公先顙哥往泣訴於上顙哥繼至其所言以為
天下之大既已屬之臣矣方理財助國今建官徵誅方就緒而
岳其乃敢啓赦以沮臣上令公與之辯公則曰宰相者論道經
邦燮理陰陽者也今國家疆宇亘日出沒向少於區區錢粮而宰
相乃為國歛怨況聖上春秋高體譬和丞相權輕重果何在顙

哥詰塞上留公問以事曰力言顙哥之姦不誅無以謝天下於是上始有誅哥意臺省知公為上所親信多欵門候謁以自通殷勤公與言一惟忠信孝悌而已設正人端士遭誣罔陷害公必懇懇言之當路其人或知而来拜叙謝意公必拒之未嘗言出於我也先是世皇與劉太保語問其壽猶有幾太保為尚可得三年洎上復問三年後孰可倚任者太保一一為上言至於司天則以公為對上嘗以宋銀宫滿賜公製作極工贍公不敢藏於家請置之司天監成宗皇帝即位以公先朝舊臣尤加眷寵超擢昭文館大學士中奉大夫知祕書監且賜古白玉環後賞賚益頻疊多故不書大德三年有告山西其家私藏讖緯圖書者朝命公辯覈公曰山野愚民豈知讖緯法象之典第恐怨家誣罔已而推驗果得其實公臨事忠厚多類此五年彗星見公言

聖上宜反躬修省進賢去佞省錄寃抑以荅天戒乃分遣使臣宣撫天下七年監修地理書大一統志八年上以久不豫廢政多取决於中宫公從容言於朝曰六年之間彗星見者五此豈尋常变故哉桑門道士禱祠頻瀆皆非應天之實惟帝后深自修省慎選忠賢以為輔相如此庶可以少回天心言達中宫后大怒同列皆為恐怖公曰天垂異象臣盡忠言雖死何憾公歸謂所親曰余言非過分而觸怒中宫一當聰於天耳翌日復對后已怨解且俾盡言毋有所諱公因感激力言天人之道非有二致人心和則天心悦也近年灾異頻見上自宫壼下自廟堂宜一新庶政以格非心由是權貴人多不喜公而公處之泊如也同列以灾異請於朝宜從事禱禳覘取金帛公皆拒不受十一年成宗崩武宗鎮北藩仁宗在懷孟后將有所挾立藩王時

丞相荅剌罕心憂甚彷徨未決公潛往勸丞相以天心有所在測候見之矣丞相宜蚤定大計於是迎仁廟入京師內難悉平定武宗入即位超拜正奉大夫長秘書監仁宗既即位登拜榮祿大夫仍知秘監領太史院司天臺事公以耄力辭不允仁宗每謂公世皇舊臣不特精於占候忠言嘉猷所以裨贊累朝者不一方有意大用而以皇慶元年三月五日薨於官享年六十有四訃聞上為哀悼賜中統鈔五萬錠為賻仍勑有司具儀注為襄葬薨一月諸子奉靈輀葬大都城南之鄧林先塋之次配樂氏封申國夫人子男三長祖義初任太史院都事娶馬氏今官溫州路平陽州知州次宗禮由國子生任中書舍人娶于氏次嗣貞未娶女一適許某而寡孫男六人公有兄諱斌簡惠公從濶端太子西征時賜其氏出也家羌中公篤念同氣每因西人物色求訪至元癸巳斌來京羌公即引見世祖上為歎息俾同知西涼州總管府事且厚賚其行先是大德間公嘗言於上以為旬日內妃后當有菑乞厚自愛上詰尔言妃后定為何人公曰在皇太后上忍命書之至九日皇太后崩又遇熒惑入南斗司天者以為言公笑謂曰是不在朝廷吳越明年當大稔但不利於江浙省相臣耳已而果然公於天象雖究極幽奧然未嘗以自負故能出入宮禁四十餘年小心慎密恒若不勝衣弗輕漏一言于外故自禁近重臣省憲僚屬靡不稱公為本分人平居言議絕口不及推測事每曰髙允崔浩一可為師一可為戒況吾家三世業此遽予猶莫之測何可以授非其人故公三子每教以脩身慎行而已若夫推候之學則一不與言國家承平久官署多峻陞凡在職者亦就遷司天秘監以為言而公恬

奠之聽家貧泰然弗介意每遇賞賚輙分給親友京城私第所居蕭然一室幾不異於山僧野人然公氣稟剛直遇所得言雖鼎鑊刀鋸不少挫怯若平居無事則愉愉不以其所能驕人若此者抑亦可謂純德君子也已公薨後二年朝廷始推恩享贈卹之典然而諸孤薄宦四方寶公遺訓皆清慎自持曰循久尚未乞銘當代大手筆粗述公行事萬分一以章示不朽云謹狀

哀詞

元故水南王先生哀辭

越故水南先生王公卒五寒暑矣其嘗因杜君原父謁先生於當塗杜尊師之玄元館先生長身寬衣幅巾白髭髮癯徐出其以諸生謁拜其情言風致望而知為厚德長者時方饑驅欲為弟子都養弗可得頗聞先生仲子艮官兩浙都轉運鹽使司

經歷迎養錢唐朝廷加恩封承事郎新昌縣尹當大曆改元壽八十七用是年春正月卒初先生與東陽許古道同客武林宋亡浙東道梗於是先生拉古道入越舍古道中霤而自居前祟古道念妻子存沒不可知出其齎裝白金二百兩託先生買田築室而身往東陽迎妻子垂抵舍而殁先生走往哭盡哀悉其所託金歸之其妻子固弗知一旦得金意料外悲愕歎訝以其半壽先生揮手謝弗顧先生於書徧讀每惟身隱而言文是求顯也故其詩文不多見然其言論亹亹上下今古興壞理亂枚數條析若之何褒可究廢可舉使人聳聽如指諸掌睹世降俗漓觸目感心不能自已者言之未嘗不涕下歔欷於書覽而有得必懇懇為人言見人製述合體要輙稱道不容口否必款曲開示務引之繩墨度乃已親舊行有過差聞即弗樂見其人必輸肺

臍以告而不令人知也故士於詣詎不稍謹苐恐先生知先生初名鯉後入京學更名理字倫卿杜尊師嘗為其言宋行都已破淮安忠武王命史勝帥偏師下越趙孟崧以宋宗臣失不屈勝尋平定之而先生名德素為東越重坐孟崧黨與繫獄勝夜神入盤擊生鯉指語勝曰是鯉不可殺詰旦獄上勝悟縱遣之夫尊師老人言不妄質諸其子信然嗚呼為善責諸天固有冥夢不可必者而天於先生為善之報若執左券交相付於是脫非辜享壽考清強裕謚及見其子朱衣象笏躬致祿養諸孫仲揚仲盧等皆勤慎績學其素承教益為製哀詞列之墓云楨之腴兮藝之良子始穫兮遲年穰天之報施兮靡不償子孫其賢兮稼日以美一稃二米兮天降嘉祉公侯子孫兮自今以始

墓誌銘

元從仕郎廣濟庫提領張君墓誌銘

國家以大寧為北京其民居叅錯以國族信厚朴直天性然也君既世為北京懿州人而出於蒙古氏因曾祖妣葦璇氏者譯言張姓也君諱信字子誠縣父千户君徙家東平而君遂好讀書淮安忠武王帥師南征君載筆從軍凡幙府文簿皆憑主之江南内附尋辟甘肅省江淮譯史用年勞授將仕佐郎弋陽縣主簿邑更兵燹盜椎埋肆姦君為擒獲殘民用安乃捐俸建縣學人士至今德之尋轉常州路録事常民被殲無遺者君糾録郛内掩遺骼定坊巷建官署立廛市事多由君監倉庾出内四年人誦其平直繼擢長興州判官獄多平反部使者録其勤而君一不以介意陞從仕郎廣濟庫提領未幾引去君佐長興既代遇故人馬尚書掌銓曹遣人語君曰漕運千户皆宣授我力

能為君豈欲之乎君謝之曰父母老矣何忍以遺體涉鯨波乎尚書復謂曰樺樹鎮務官歲可得萬錢君豈欲之乎君復謝曰親今僑于常而安之願得近常者以便養於是調庫官君既蒞差其親而其父名簡字居敬嘗從軍東平其太師國王用為長陽穀與魯千户公長者殊不疑人欺飲酒幾斗不亂君仕既南父母亦皆老矣君左右就養官卑禄薄而能樂其心志君二弟珪桂從君同居蓋其先四世不析炊及君生子女而四世實相見初君之从戎南下也才不逮君者往往立功名取卿相而君盡瘁尺籍伍符之間雖為淮安王器重而終不能自顯者非命也歟及淹抑州縣在他人則浮湛徇俗矣君獨持身廉勤毫不苟取所至吏畏民愛表有政績顧其家則甚貧然而益以養親自樂也及千户公捐館君廬墓哀戚甚人愈賢之君配耶律氏生一

子五女子裹克樞密院譯史婿姚成楊衍孫儀白溥馬讓孫男一壽安孫女一適李仁延祐乙未年七十二十一月十八日卒之十七年為至元二年襄以孤貧始克葬君于常之東門外從千户公之兆是宜銘銘曰孰勇其逢孰嗇其終是天不可詰而歸全于先人之宫松檟滋茂孫昌厥後常與億年世保其東門阡

李處士墓誌銘

夫退處士雖良史不能無譏褒善人在政典尤所當謹然而藏密者道恒晦善卷者跡若汙世之君子不以其卷而貶其迹因晦而詘其道也若句吳李處士其人乎處士諱敦字誠功其先占籍龍興武寧縣之裏溪逮其父和父官遊入吳而遂家焉和父娶沈生處士處士生而俊穎少長從師講學知為己力行務徇義和父歎曰吾兒於聲利不苟取楚江以西茶莽所自出於

是屬君以營什一而致養焉不欲速貧尼父猶申以子夏豈其致富羸政乃慕於懷清頤惟其人何如耳嘗黨茶儀真様茶為人所先嘗而仍內之筠篋者處士默以鈔幾千貫之篋不令人知也貧族有責其女於人處士贖而教育之俟長擇配嫁之閒有竊其貲逃湘潭者處士怡然不以語人其厚德往往皆此類事其親盡孝養甘膬親嘗溫凊節適嚴慈先後𣦸哀毀顇瘠弔者稱焉娶許生男一良臣教之能不負其學言必顧行以遵素履欲不勝義克任稚度撫其庶弟良祐尤盡恩意至順四年秋七月十五日卒壽七十有四即是年冬十月廿五日葬長洲縣武丘鄉祖塋之原卒之六年為至元後紀元之四年良臣用儒術起家湖廣行省檄桂陽州學正處士於是孫曾孫詵詵蘭茁其芽金鎖其鑛可以推見其為人矣處士暮年家益裕而自奉益簡

布衣蔬食泊如也良臣饌滫瀡製麗容以奉輒㬉然却去之曰內德以堪之夫人內省者不外慕貴夭守者賤人其斯之謂乎臣深惟幽潛之輝素履之行恩無傳乃圖鑱堅珉示後世夫中郎之盛製獨不媿于林宗東觀之雄文豈宜後于君公哉用銘使刻之曰理欲兩岐在為適宜魚鹽致富飯牛而肥曾不以汙謂與道違婉婉李君惟道是鄉躬營什一圖致忠養營養其親侃侃和樂兒聞詩禮身重然諾我居其厚孰處其薄善念日滋慶源日長瞻吳西門松栢鬱蒼為善庸式隱君之鄉

信菴李先生墓志銘

世言燕自太子丹傾身結客故其流風多尚氣而好義喜賓友急然諾其來遠矣信菴先生家于燕累世由其上皆饒貲至先生乃結交天下知名士若商左山姚牧菴暢純父高彥敬及焦

達鄉鮮于伯幾李仲方若仲實父則先生從兄弟而劉蘇州嗣
宗劉文姻家也世祖皇帝駕馭天下豪傑布衣一言動萬乘立
至卿相無難者先生長輦轂下其一時游公皆海內名德鉅公
禁近大臣有以言于上宣授泉福司提舉先生咲曰堯舜之世
尚有巢由豈可強其所不欲哉竟辭以不仕之節高諸公間久
之又欲強之仕者於是挈家南游時故人有尹江陰者遣使過
維揚迎先生過申浦買田築室為佳計矣而嗣宗以北京憲除
蘇州又再遣使江陰迎先生入吳劉既無子撫其甥如兒四方
朋舊以先生素喜客而姻家為中吳守客皆至先生莫不典衣
沽酒所以慰藉之者惟恐失人驩心而未嘗令劉知比劉卒于
任而先生衣貲罄盡故人南來者皆思所以處先生獨高公鍾
情尤切至凡能以禮待士者高皆戀戀致禱而先生尤能以禮自

居一語不合意便引去僑吳若干年終始能以禮事先生不少
懈者惟荆溪岳仲遠氏已而浙以西文獻故家日益凋落求如
仲遠者不可得於是先生居鬱鬱而遂卒于吳時其年月日也其
子英祖字志仁先生卒後若干日亦逝志仁室劉更幾日亦殁
志仁之子謙力度不能舉不免焚而函其骨暫寄隣僧菴念先
友無在者含淚北還藁即先曾故廬教小學數十百童子得脯
金攻苦食淡一錢不妄用累若干年乃揭揭來南奉其三喪歸葬
于燕宛平縣西柳村之原距先生卒若干年為至正十年其月
日也先生諱某字英發享年六十二謙將葬其祖乞銘於予曰
予嘗客岳氏知吾祖獨子在鉊不得辭也故序而為之銘銘曰
出與處孰汝主處易而出難與其難而礼也孰若易而獲完嗟
嗟先生自計明一朝南遊一羽輕拱木蒼蒼家宛平孝哉有孫

負函胥歸葬歲時矣弗没勒銘堅珉其永昭示千秋春

慎獨陳君墓誌銘

吳有隱君子曰陳君叔方自其上世皆以讀書績學服膺儒術然以隱約終其身至叔方父三世于茲矣始予東入吳識其尊人寧極先生沉潛問學淹貫群經年已髦會諸先輩著書立言咸造庭藴予與先生有維私之契而先生長予廿餘年先生降屈齒德時相過從高談亹亹不絕予於君一年之長而君能以文行學術結知士林時方承平巨室大家欲淑其子弟者必厚幣延致有非乘壺牽犬所能致禮也君尤篤孝每館授歸其浣絛不假中裙厠牏若夫温凈室廬則其上世蔽風日者至於滫瀡飲食之奉必躬庖烹價固貴有所不計也以故老先生壽體康寧無少不如意者君能力學其為文以經為準貫穿諸史百氏

發其菁華以立言其為詩尤刻苦精練本之於杜而參以唐諸名家在宋則尤喜陳黃至於畫思之盤礴裸委山林泉石幽篁仰木各盡其變態然貴富以挾而求之者雖百金不與一筆兼之襟度洒落其割三牲以奉客亦肴膳兼豐潔與人交重然諾至正壬寅辛月五日卒享年七十娶費早世繼夏生三子長訥先殁次謹女二長慧適俞沂次清適曹敬謹以卒後十五日葬吳縣靈岩鄉朱塢之原曾祖考德一配張祖暹配柳寧極先生諱深字徵靜配周君諱植自號慎獨叟朋舊私謚曰慎獨處士謹乞銘於予為序而銘曰士而處矣久當舉矣胡為乎更三世而益傴也身雖屯而道則純豈得於天者而嗇於人耶既以有行有言無緇磷矣其亦不朽有堅珉矣尚何痛慟有弗信者矣

王處士墓誌銘

中吳山水深秀自昔多古仙神人其家顯著則王方平降蔡經家又如王可交嗜酒所繪遇星宮七真雖玉壺縹醪不得飲而得啗火棗其骨遂仙事載郡乘豈虛言哉近日王處士蓋亦仙者類其先本會稽人大父以上皆宋衣冠世冑後徙居吳長洲之永昌溪釣游耕鑿縱浪大化浩然自以為葛天氏之民而獨好飲酒盡擺脫世故以自適於酒而扁其室曰醉鄉當其時悲歡窮達興壞理亂曾弗絲毫蘩心世降習媮非達人曠士可以外骸形齊物我也於是其家不能無朘削然猶嗜酒不問有無其子衍著翁能自力於學博洽淹貫鄉人士推重之而翁也能悉意以奉處士於是得陶然醉鄉云處士娶朱氏先卒後鰥居屏處四十餘年能待其孫之成立以屬其家處士雖飲酒而神觀明朗人不敢欺諱元字元之二子長亨次良亨娶周良娶郁二女

長清次明清適陸明適陳翁亨之子也卒年七十九顏皃如孩嬰人皆以酒仙稱之而處士亦自咲曰神仙道人亦人而已耳生於戊寅卒於丙申七月廿日翁卜十月五日葬函骨於許墅鳳山之先塋翁言處士當屬纊時猶索酒曰吾醉鄉雖蓬萊瀛洲不是過也惜宗人可交福不逮不得分飲玉壺春耳然以遇仙馳名豈若吾之樂無涯也哉翁據斯來乞予銘是為銘曰醉而死其不死若吾不知誰之子斯言也吾聞諸聃史何以知其然蓋所謂一念萬年不為形毀不為形全是之謂醉鄉之仙藏其宅

平江路總管致仕張公壙誌代其子都中作

張氏世占吳郡籍而為長洲之相城人至先公始以謹飭小心入仕于朝爆直殿廬久之　成皇以先公忠勤褒之賜名伯顏大德五年宣授將作院判官十年冬出為泉州路總管府治中

國秦國公諱阿台脫因配阿台的斤杜氏皆封秦國太夫人曾
大父贈光禄大夫上柱國中書平章昌國公諱和禮納配越德
哲氏封昌國太夫人其母楚薛堅氏朶兒哈真氏皆封秦國夫
人仲温以世胄當文宗時㑹直禁衛謹飭端重為上所知召宰
相問曰某可倚任以事中書遂擬除承事郎尚乘寺大使上頋
其名曰是宜寘清要相臣對曰初任試此遂重用矣時至順改
元秋也是年冬十月御史臺以除目奏上復指其名曰良御史
也御手點除陝西諸道行御史臺監察御史就任即有威望關
陝[illegible]遇少暇輙從宿儒學人見其疚叅半猶篝燈讀書人訝而
問曰豈欲窮經作博士耶仲温謂益人神智無如讀書縱紛冗
猶當學况兹事簡不委己於學異時悔何及乎由是材識與學
俱進四年秋轉南臺其所建明興利除害要皆有得於講學故

其言切於用而不刻本於理而不迂元統三年春奏授承務郎
拜內臺上自乘輿次關廊廟又其次朝署之間皆有所匡正
權奸柄國仲温力言其非疏入不報納印乞去權奸罷黜乃
已是年冬起拜淮西廉訪僉事淮本宋疆埸內附後民氣猶未
復建言乞妙擇守令涵煦其民而孳育之至元四年奏陞奉直
大夫遷廣東仲温言廣海去天遠朝廷三年一差官分詣行省
自三品以下皆得優等斟量銓注謂之廣選然年勞未及者有
之品叙猥冗者有之上任未久多見奪於省部已授官以故人
懷苟且莫肯盡心遂至路府州縣徃徃闕官廣海之間計闕八百
餘員仲温意謂地遠近不同其為王臣一也宜慎選其人即同
實授庶不缺官敗事食塩害民所至皆是而嶺海之閒其害尤
甚蓋官既設辨塩提舉司所司辦塩裁三之一其二分則驅迫

州縣民至破家蕩産猶不克具言世皇中統詔凡以塩椿配處
一切停罷文廟時詔海北散辦塩課自今悉停仲温建明嚴設
科條禁止鹽司非理害民等件雖塩禁未全寬然所以恤民之
意見矣部使者每季慮囚官吏勞擾仲温謂一歲兩讞為庶幾
所在獄囚往往有死者此皆士師不加之意令後因死者坐獄官
罪仍於解由開寫因死數目以明降黜嶺海官員死無以斂喪
無以歸雖舊有恩例然宜加厚六年夏擢授西臺經歷関陝仲
温嘗冠廌於昔年矣見仲温復来咸驚喜迎迓未幾擢淅東海
右廉訪副使巡按所至威不殘寛不弛温州路平陽州民倪景
元嘗捕海寇後為怯烈州判及其子雅古攘其功賞反以倪為
賊遂枉問于連沈貴寧拷掠死仲温察倪究怯烈坐罪贓死一
等倪究獲伸斷官吏罪必殷勤訓諭至曰汝毋畏威匿究弗言

也咸曰公長者我罪自我分尚何究尤急於興學勸士具宣教
養之意誘掖其人士多柢成効至正二年冬陞授奉議大夫迁
湖北其治如淅東四年春擢拜奉政大夫江西省郎中仲温天
性至孝每念其父母老矣官轍無由得合并其在湖北時平章
公奉旨首宣政而仲温有江西之除亟與平章會于吳一再遣
使趣仲温上而仲温樂與親聚首朝夕色養惓惓焉而兄禀雅實
立方為吳江州達魯花赤次兄相哥實立廣東僉憲僑居吳而
弟阿蘭納實立将上岳州路平陽州達魯花赤亦會于吳仲温
深念骨肉聚合之日無幾其志将辭職以為養平章毅然下許
乃是快快之江西既而祖母杜夫人卒于京乃由江西入吳且将
從平章北上葬秦國一再行皆以病作復歸吳盖仲温之孝弟
由中以著乎外有非勉強而然者再北上舟發閶門而復病止

更四閱月而卒卒之日平章俾其室人奉衣斂則皆弊素無鮮潔者詢其子五十四奉其母以告于平章曰不惟衣不給其餕餘於人者至四百緡平章乃始知仲溫平日所以奉事之者非嘗有羨也矣之頓絶曰吾兒力孝若此天忍奪之耶蓋仲溫以親年幾何竭力以奉猶恐不及敢計有無哉然不知中道遽介癘没猶張目視平章曰兒負父不得盡孝矣烏乎使仲溫稍待於大用移其孝親者必効忠於國如之何止於斯也配金童氏封大興縣君子一即五十四女二孫男一觀音奴將以某年月日歸葬于秦國公之兆其子以平章之命來拜乞銘銘曰壽雖中道夭其特立者固表表峨鷹三臺佐憲四道頎豈無其人哉求如公之賢則猶劍之有龍泉不歛不折斯全其鄭是則仲溫氏皎如玉雪者也歸葬于燕以從秦國之阡名德章章久益傳

白雲漫士陶君墓碣

君姓陶氏其得姓始於堯至晉長沙公與靖節處士皆以垂名無窮更江左五朝歷唐沿五代以入于宋衣冠蟬聯世不乏人有諱榎者台州司戶參軍遂家于台八世孫諱若晦始居之地乃以姓顯生子諱辰史館校勘校勘生太常寺簿寺簿諱居安生太學錄太學錄諱應雷至元丙子淮安忠武王統兵平宋偏師至台學錄為鄉里請命將援以官則曰吾欲全父母之邦豈知有他已而築室清陽溪上藥病者櫝死者賑飢者煦寒者其配繆諱靜慈而克賢故志得伸及生君有異質未髫髻即異常兒稍長從周仁榮先生學邃於易遠百家九流皆曉達學成乃出遊足跡幾徧天下上京師王公貴人聞君言論莫不驚喜傾下然所持者連城之璧照乘之珠襆之碔砆魚目為病於是翩然南歸

每曰燕趙古稱多奇士今所見何不逮所聞耶既歸齒髮方壯而家貧鄉里諸儁先力勸君宜少屈以就祿遂試吏蘭溪州民盜鶩連逮一十三人當刺臂君念其負輕鶩直得贖免浙省檄補江陰州々民劉鐵歆強姦趙屠妻趙訟鐵々抵罪一日縛其妻犯之痛箠趙幾至殞趙乘急投刀刺劉斃君謂事出俄頃非有意故殺也趙得減死州重建治所君主辦社稷壇歷久寖壞每春秋社祭之道民院門外君白於尹社稷復建壇壝調松江創聽事後燕堂六楹君才優長能使民不知役而事集屬邑上海民徐德訟戴千戶強刦二人庾死十九人獄具民皆以為寃君平反之時部使者韓公審讞一如君所言移文附賞而舜縣豪民朱管坐戮死籍其家悉以兩家田賜丞相脫々丞相威權震海內差官高成劉錫副以惡少年為爪牙南下肆虐設計陷民括財

無辜被搒掠死者無筭府縣曲承風指莫敢誰何王兼善以母老被詬辱奮不顧死言於官々吏悉驚避獨知府楊侯伸憤痛之意未決君進曰朝廷命公守是邦寧忍坐視赤子啖餓虎頤耶侯喜遂與謀傾諸惡少勢稍戢所差官乃轉委憲省遣使至府考立官猶震懼君獨抱案條析理明詞直悉依律斷遣事聞丞相賞鈔幣以年勞省除杭州東北隅錄事司典史畏吾人伯不花與其妻忽剌真自昔同艱苦生女已十歲一朝為省宣使乃娶忽都女觀音奴為小妻貌美貲豐善迎合至抑正妻々不勝憤不花擲刃以剚弗斃閉一室囚之及其女日少予食欲俾餓死婢引兒訴主母枉於官錄事揮使去君曰此婢去三人必俱死於是叩頭白憲府使得伸理獲全伯不花雖遇赦釋免猶坐黜矣至正壬辰春除信州弋陽縣以病不赴秋再除湖州歸安縣

時方兵興長興州已陷浙省叅政脫〻檄君與烏程縣各運粮二萬斛給餽餉君募巨艘二十以載君未至半道潰即指揮諸艘使各有定処甫二日湖州陷君白叅政畫計策遄復湖州而軍無見粮君走一介召諸艘其至無時刻違遂加賞賚錄功中書不報方事變時守土大吏望風奔潰椎埋竊發至有火人室廬淫殺縱恣君稟命叅政按其罪不少貸良民始復蘇丙申冬除紹興上虞縣歎息言曰吾懷抱利器出将為家國天下用而乃浮沉下僚今年七十其所蘊曾不得少試以沒尚何言戊戌九月廿日卒於府城都昌坊之寓舍享壽七十有三配趙氏諱德真故宋宗室孟本女也有淑德先君十二年卒葬黃岩州靈山鄉逍奧之原今侍講張公翥為應奉時銘其墓子男三人長宗儀娶都漕運萬户松江費雄女元珍次宗傳娶錢唐於從正女淋英次宗儒未娶女三人長宗媛適同郡杜思絅次宗端適宰國楊至次宗婉尚㓜孫女沒時艱路梗寓殯會稽王笥山之原其為人倜儻磊落於為義若飢渴居父母喪哀毀骨立四時薦享感愴怛悼待人以誠律己以廉蓋天稟然也君諱煜字明元自号逍奧山人又號白雲漫士喜吟詠善樂章夫其游歷與所交友及所抱負當大有為可也乃老死簿書期會間然觀其悲心吏牘不怵於勢不溺於利享尊爵享祿者愧於君多矣庸述其履歷之槩以副其子之請庸揭諸墓以俟銘傳者采焉

畬山老人墓誌銘

嗚呼士而抱利器屈下僚如轅下駒受牽縶於庸妄之手不得一展足為千里試此龐士元𢧐困頓於漢昭烈何况常人也哉東吳直東南瀕大海九峯三泖間才器如畬山老人卒厄於

書朞會其可哀已老人諱仁字子壽姓陳氏其先浚儀人大父鼎宋迪功郎嵩德監酒稅遂家錢唐父嗣青鎮酒醋務都監沒時家貧母杜殊賢淑脫簪珥營褁事誓守節弗移躬紉紡蚕織給其子讀書而老人能淬勵力學時宋亡人以吏為師老人念親老養迫從舅杜汝霖[illegible][illegible][illegible]業吏獲祿為養旨甘無少缺母喪哀泣甚人至不忍聞其舅亦漸老養之如母至八十三而卒大德間松江陞府老人筦庫與計偕解府諸頃鈔若干萬緡時府為皇太后湯沐邑直隸徽政院道路以歲侵往往埋竊發老人用智周防卒善達畿甸院官以老人才可大用比告歸勑其府擢之調上海以年勞遷辟為府史地瀕海斥鹵宜荳麥不宜稲其事合言浙省而衆皆首鼠憚行老人毅然請往意為東南民力竭征徭寬一分受一分賜抱吏牘翻覆辯論曰海隅罷氓迫其所有急供上庸何辭令輸官欲以其所無有是殺之也宰臣韙其言止科荳麥已而調常州更鎮江焦山寺有田在府寺僧端挾寺貲陰持丹徒縣長短與同寺僧醒有憾殺醒以滅其迹事遠所謂嚴閭于湛等拘之獄搒掠誣服人皆冤之老人按而得直時天久旱而雨人以為洗冤雨次年勞浙省除老人婺州路録事典史浙東憲治在婺守土大吏日惴惴懼飛語而老人以才幹稱婺民有殺巳女舁尸沈淵竄陘下圖陷以得賄老人直其冤秩滿轉衢州衢俗獷號難治而老人從容案牘間三年如一日一日嘆曰湛卑職固吾命頓止足則在我於是引年以歸松江有舊田廬琴書画冊足以娛歲時邑人長者喜而携子弟相從奉几杖進尊罍靡少閒吳興趙魏公為書秋圃二大字遺之金華黃侍講賦之詩浯溪俞伯貞父為記秋圃堂其大致以老

人持官不刻而樂廉退故安於晚節且有子四人長元善次享道利用貞固皆以儒術致身女二人皆適士族孫男曾昇思配何氏先卒老人雖從吏而酷嗜問學經史百氏言往往能成誦遣子從許文懿公講道金華山故其子皆知名當世享道從事漕府時迎老人居吳時猶承平每嬉遊山水間意甚樂也至正八年詔賜高年帛老人亦與焉還松江是年秋九月五日捐館於其里壽八十諸子以十一年臘月望葬於邑之集賢里畲山之原十八年享道自閩任滿歸吳謁予銘墓予惟老人出而為用用弗殫才而子多才俊皆可書於是序其事而為之銘銘曰豫于石田園難望其有年忽倍其穫灌溉然嗟嗟老人百僚底施於其難而可紀壽康令終又有子畲山藏極遂美嗟嗟老人是之為不死

劉虞處士墓碣銘

宋亡今八十年能以文儒至顯于國家無如虞雍公子孫其顯者海內章章知其為侍講諱集者矣然族之宗有居吳者至正十五年秋七月庚子公六世孫處士君卒其子堪衰斬衰毀以某先公太史與有世契迺從其從父太常奉禮愷來乞銘哭曰先人生不諧俗竟以隱約終其身願先人之孝行懼泯泯無聞大父諱栩博極群書內傳後北南從游者衆已而病病且一紀先人勤苦以養恒手浣中裠廁牏大母夏氏病目至以舌舐之先人既老而堪問學蕪淺不能接以為養溫清之室廬蕭灑之飲食曾不足以少慰其心今沒已未能盡大事嗚呼痛哉夫欲致養而莫遂雖菽水盡驩斯謂養斂手足形無槨斯謂葬今堪是已處士諱炫字明之蜀隆州長壽縣人雍公既相孝廟故其家有在吳者於是處士生於吳其諱牋累官至朝請大夫戶部郎中知

岳州者處士之曾大父也處士生至元十八年辛巳年七十五娶宣氏生二子長堪次坊女一堪既負重以兵興世艱棘舉無助者能以是年八月庚申奉葬吳縣下駕邽烝山之先塋去其高祖雍郡侯墓在玉遮山張市村者可一望而近宜為之銘曰宗相世系有克保其墓地者百無一二而堪能守其先塋奉其先人以葬以志斯可謂忠孝之懿而詩書之澤百世不墜者已

盧山陳天倪墓誌銘

天倪諱徵字明善姓陳氏蘊懷瑰奇不屑求世用嘗讀莊周氏書至曰和之以天倪因之以曼衍故以天倪為自號其先本蜀人遠祖篆嘗登宋宣和進士第歷官至左朝散大夫以蜀險遠遂徙家盧山之下其曾大父霦大父洽皆宋鄉貢進士父全隱居不仕娶黃氏生處士始予在杭計籌山中得從黃松瀑先生

游先生長不踰四尺自六藝百家之書無不讀而尤清介孤峭然以侏儒竟自為道士當時名流如吳興趙文敏公巴西鄧文肅公皆斂衽畏敬其甥陳誠善亦厲志苦學已而先生沒誠善亦蚤歿而予亦東入吳顧乃於無錫梁溪之上始識天倪聚語已洽乃知為黃氏甥而誠善則其兄也又始知幼嘗從草廬吳先生學〻于先生之門者蓋彬彬然獨稱天倪既卒業適北上燕趙古所謂悲歌慷慨之士今所謂公卿大夫之賢天倪皆得與之握手傾肺腑論天下事甚可措之於用既久之南歸若北庭貫君酸齋山東李君溉之無不稱其才雋如青城虞公伯生豫章揭公曼碩亦盛稱而形之詩文者皆可考見夫士不得志于時浪遊海宇以才氣與人相軒輊觀其所與交可以知其人矣矧重之以黃先生之甥耶已而入吳知舊有延之取資者於是

遂僑于吳娶故宋相古心江、公孫女生二男子曰汝秩曰汝言女三人天倪卒於至正八年戊子歲秋七月廿有六日得年五十二而二子能力貧而學養其母能盡歡以至正十六年四月四日葬於吳縣雅宜山大墩之原夫以天倪懷才負氣盍措諸用迺不遇而歿非命也夫非命也夫二子以予嘗從其外氏游來拜哭乞銘於是為之銘銘曰嗚呼天倪竟止於是而歸耶保身全歸人孰以汝為非耶歿而有子九原其泯汝輝耶

張子昭墓誌銘

吳人張昱字子昭其先浚儀人宋宣政間其遠祖通官御器械從高宗南渡居錢唐宋亡其祖世傑父興嘗居燕已而居吳遂為吳人子昭髫鬌便嗜學喜從儒先君子游時宋社已屋三十稔矣故老遺黎殘校退卒猶有存者子昭從其人問宋遺事朝

廷宗廟宮室制度會同燕享生殺除拜車輿章服征屯討伐文詞經術下至幽人逸士言論出處雖不能盡得其詳然依約什一於千百視後生晚進懵々無聞知不可同日語已喜遊錢唐錢唐實宋故都歲必一往或再往左江右湖山川之勝城邑之舊以至荒臺款榭壞冢故墓斷碑殘碣頹垣廢宅更久湮沒未嘗有過而問之者子昭每游息登眺必徘徊躑躅吁歎感嗟哀不能已人或指目咲之不顧也兼通聲音律呂清濁高下長短疾徐每遇張筵設樂八音並奏坐客方懽譁而子昭獨顰蹙歔欷入閙之輒俯首不荅或嘆曰時根於音其有地乎尤好樂府詞曲遇故舊咲樂輒為之歌又時吹洞簫屬箕奏調清越方其發聲噴氣旁若無人而子昭亦洋々自喜遇其不欲歌雖貴為王公弗能強也臨市衢構樓蓄書其上々經傳子史下逮稗官百家之

言無不備子昭日紬閱研究至其會心得意處引卷疾讀往往能
成誦然不喜人言科第得失官吏贖與夫巧宦逆富其為人
大致如此故寠約終其身年六十四歲卒於至正十六年十一月
廿七其子田葬于吳邑胥臺鄉黄山之原娶陳氏繼黄氏次子
里孫男一名肎田讀書若學能紹父志裒子昭所著書繼潛録
若干卷意蓋繼潛夫論也畫記補遺書補遺并墨記凡若干卷
予讀其書皆終卷田泣而言曰先人與物無競其為學不求人
知浮沉中吳閭巷間今没矣僅其書存耳不幸殁之年遭世變
平生知舊舉皆淪落故田居益貧若臨街小樓先人設之白又
讓與田仲父今葬已久而墓碣未有銘先生幸無靳夫子昭更
事時宋亡已久而子昭若感于宋豈有所徼覬以沽名于萬一
哉此與周之頑有懷于商嗚呼其在周則頑矣在商則惡得不

謂之義哉然子昭之心尤為隱約而難見予讀其繼潛録其間
有可哀者多然不出於憫宋之亡其遺文陳迹儘可以補野史
之缺他如畫記書補遺之類又皆博洽有考匪空言也昔歐陽
公於五代史作獨行或出或處雖皆不同然士不可以一途取
故為之銘銘曰混于俗而其行獨碎之玉其廢乎全其璞者歟

邵景義室人陸氏壙志銘

邵氏居華亭之胥浦為康節先生支胤故猶有讀書績學之士
若景義父其一也景義襟抱坦朗言論達古今喜賓友每坐定
或不如意輒泫然流涕曰使吾室人在安至此哉人問之則曰
吾室人姓陸諱靜貞父濶卿居雲間為右族室人年廿一歸於
吾吾族蕃衍吾室人性嚴潔上事舅姑順婦道則稱之曰孝婦中
接姻妯遵禮度則稱之曰邵氏子舍之賢下御僕妾則稱之曰

賢哉主饋之人生一男宗永娶謝女嫒清嫒貞皆有適嫒齡待年于室以吾室之賢宜左右以偕老詎意四十六歲而卒至正戊戌七月十日也嗚呼痛哉今欲奉祭祀潔牲醴以相予復何人所以悽斷梗塞尚忍言哉以其年月日安葬乞予銘之曰

為婦賢為母明吁猗壽弗長良人傷猗子克紹慶後昌猗

金母沈媪墓志銘

媪姓沈諱性貞蘇之吳江人同里金潤甫之側室潤甫四世祖宋迪功郎家已饒於貲而好施予赴人急難不嗇從已出至潤甫莫不皆然潤甫尤篤於學媪奉其夫婦惟謹上下安之生子天麟裁九歲而潤甫謝世媪躬紉績勤劬以育其子者恩禮備至天麟方成童即遣從師受學歸每誨之曰吾至汝家惟見攻學行義而已汝齒已長苟弗紹隆汝家異日使吾何以見汝父於地下於是天麟感激務以遠大自期先是媪本姓屈媪父成從其母嫁沈因冒沈姓屈自祖父來皆好善誦佛書成之祖海陵居士每歎迪功積德既深當益於前而昌於後故自媪之奉其主增益其家而為人所稱道媪十餘年來病風庳不良于行天麟醫禱殫力竟弗瘳乃於至正己亥四月卒壽六十以是年五月壬寅葬長洲縣金墩之原既葬五視朔某始克弔天麟於哀次見其居喪以禮慨然歎曰喪禮三年之中自轉徙執事而后事行者面垢而已聞媪久病天麟每輿其母以行今居喪若是其可謂篤行之士也已以其友虞勝伯狀媪之行乞予銘銘曰

金墩之隆土厚而豐是為媪之宮更萬子孫孝弟樂施振祖父之風其永弗痛

僑吳集卷十二終

遂昌先生鄭君墓志銘　　維揚蘇大年撰　昌齡

處州鄭氏遂昌鉅族也君世以儒顯曾祖克故宋西川經畧使祖開先朝奉郎知道州永明縣考石門高士諱希遠高尚不仕國初徙家錢唐結屋湖上以耕釣自樂妣蔣氏二子君其仲也君諱元祐字明德天資穎悟過人垂髫入鄉校日能畫記同坐諸生所授書鄉先生大異之年十五輒弄筆墨作詩賦往往出奇語驚入石門君篤意教君樹樓聚書恣其披閱君不出户庭者十年於書無所不讀作為文章滂沛豪宕有古作者風時咸淳諸遺老猶在君遍遊其門質疑稽隱其見聞宛然有得侃侃以奇氣自負諸老皆折節下之江浙行中書省郎中汴人趙天錫剛正謹嚴慎於交際獨延君於家與其子期頤講學期頤後中

甲科即中書參知政事子期公也君既得友益自刻勵於學晝夜不倦由是克底厥成是以名世時鄉林平章廉公以朝廷宿望退居錢唐與君為忘年友君由是徧交當世之士聲名藉甚四方慕君者識與不識皆稱為明德先生君既以儒業起家仰承石門君夙志而奉養之禮無所不至石門君卒君偕其兄介甫先生移居姑蘇兄殁喪之如父從君學者户外之屨常滿浙省御史府宣閫憲臺交章以潛德薦君於朝君自以臂疾不願仕在廷諸公知君之志亦弗甚相屈也優游吳中者三四十年冨貴聲利一不動其心素不喜著書嘗謂學者曰經則經也史則緯也義理淵藪在焉學者能盡得古人之意鮮矣況敢私有所論述乎識者稱其有見於道性平易真率不為矯激之行與人交亾然汲引後進常如不及頭童齒豁壯氣不衰應酬餘暇

手不釋卷吳人欽仰風裁罔弗敬禮之者雖小夫賤隸亦能知君姓名人有患難拯拔之如救水火士友或貧不能自存度無以相給則徧告諸有力者賙其困阨君兒時乳媼提携右臂脫骱左手寫楷書規矩備盡世稱一絕又自名為尚左生至正十七年大府授將仕郎平江路儒學教授君欣然不辭曰講學我素志也居一歲即移疾去後七年陞江淛儒學提舉君亦不辭曰文臺也儒者之職也居九月感微疾而卒朝官士友遠近聞者莫不奔赴君生於至元二十九年壬辰閏六月六日午時卒於至正二十四年甲辰十一月二十九日未時壽七十有三娶錢氏俶王十二世孫女三男一女長曰吉次曰起曰貞吉娶陳氏先十年卒貞未娶先君十二年卒起娶陳氏女寧贅蘇人湯惟新女孫二尚幼以明年乙巳正月二十六日葬於平江路吳縣太

平鄉橫山之原君所為詩文若干卷藏於家孤起以狀來請銘僕泣而撫之曰君天地之全人也生長承平晚涉世變骨肉竟相保無虞又且安享十年之福而後逝蓋君明哲保身行業素無愧於造物而造物之報君者亦厚矣君之學淹貫而博洽君之行純誠而篤實君之見高明而正大君之文雄深而雅健君之詩清峻而蒼古君之書嚴勁而端麗其見諸緒餘如清談雅韻依稀晉人如君者蓋一代不數人也君已矣世不復有斯人矣君未疾前五日與僕會飲檢閱曹新民家歷〻自叙其平生出處語僕僕竊疑其強聒不已無幾而卒乃知君有託於僕也將屬纊又呼僕面焉固宜為之銘〻曰

世之人全於人者未必全於天全於天斯可謂之歸全君雖文與學碩德高年著名當世追蹤昔賢生榮死哀有德有言謂之歸全孰曰不然勒銘貞石

後有稽焉知其為遂昌先生有道鄭君之原

郡志儒林傳　　郡人盧熊撰 功武

鄭元祐字明德處州遂昌人父石門高士元初徙家錢唐幼天資穎悟入鄉校日能盡記同坐諸生所授書年十五輒弄筆作詩賦往往出奇語驚人於書無所不讀為文滂沛豪宕有古作者風時咸淳諸老猶在皆折節下之平章廉公以朝廷宿望與為之友父卒移居姑蘇從之游者甚衆省臺宣閫憲府交章以潛德薦自以臂疾不願仕嘗謂學者曰經則經也史則緯也義理淵源也學者能盡得古人之意者鮮況敢私有所論述乎識者韙其有見於道平生見人有患難拯拔如救水火士友或貧不能自存則遍告有力者賙之至正丁酉大府薦授本路儒學教授欣然不辭曰講學我素志也居一歲即以疾止後又陞江浙儒學提舉亦不辭曰文章也儒者之職也歲餘而卒故國史蘇氏嘗誌其墓謂為一代之偉人又謂天地之全人有遂昌山人雜錄一卷文集若干卷

刊僑吳集錄

遂昌鄭明德先生為吳中碩儒致聲前元其著述甚富有遂昌山人集二十卷僅分詩與文而無類叙皆漫稿也又有僑吳集者編次固當然多繁蕪重出生通錄之得其詩文之精純者併為一十二卷仍名僑吳用梓以傳若先生履歷之詳德學之盛已具蘇編修墓誌銘盧中舍郡志傳好古君子苟觀是集則自得先生之所蘊庸何加喙耶

弘治丙辰秋八月望吳下晚生張習識

僑吳集附錄終

動近臣御史不貽儂子孫萬世大戚哉然則公之於儂生死而肉骨有不足喻者矣於是合三吳之民願立石道左頌公去後思公不忘之心以式示萬世其民之老自吳走寧國乞予文其實予曰樵李庭對時予在焉固不待父老言而後知也父老則又出事狀以示予々以儒素備員平江推官與公共事久讀事狀無一不讎者然其大致則有四焉持身嚴燭理明決事敏待人直由是吏攝其威民懷其惠而爾民遂有所不能忘公者矣謹按平江歲征夏絲二萬二千餘斤歲立三限收足其間並緣爲姦民受其害公設法周備俯終六月而夏稅足徵吏奠爲戢吳屬邑下民有訴於其邑而邑不爲之直者於是訴於公々置籍民所訟言與夫民訟之未絕者送之屬邑務得其情而早決遣之訟爲之簡稅務月虧課郡遣官監收則務預抑商賈以足之次

月則復虧課耳公至務司憚公威明而虧稅之患爲之頓絕郡素富侈百司與寓公宴客排辦皆出於坊正坊正者郡富民輪充宴散家奴留其什器須坊正出鈔乃得什器還公正身率物私第未嘗燕客人家宴席爲之稀少坊正獲少蘇云酒課户供讌席必上等名酒公一切禁止酒課辦集郡以七倉儲粮歲設所謂杴斗者百三十人皆積年在倉蠹納户者公盡逐去之選富實誠慤者爲杴斗倉蠹爲之一清民輸粮七倉豪右屬官吏初限皆細民其輸粮也石加五六斗不能足豪右至末限什僅納二三却用細民多輸者足之公設法初限必大户齊足而次及細民七倉屋建於宋歷年滋深歲科里正修葺率具文無實公曰倉不可不修々之不可若是其苟也於是躬督倉屋役百工具興撤去弊陋仍復堅完識者謂七倉可以數年不修蓋省惜民

右鄭元佑僑吴集十二卷乃弘治中張習重刊本也就張跋語鄭有遂昌山人集僑吴集是元時實有兩本今不可得見所存者重編本耳余於數年前觀書朱文文游家見此書張刊者其時不喜購文集因忽之後往蹤之而已散去矣去年從書船買得宋元人文集數十本皆太倉宋尉如校抄者僑吴集亦在焉然非刻本行欵未敢信之近有書估賈得海虞故家書攜至余家内有此集刊本字跡古雅與所藏張來儀徐北郭諸集悉同惟紙背皆明人箋翰簡帖雖非素紙印本然古氣斑襴亦自可觀宋元舊本往往如是又何傷耶弟十一卷前平江路總管道童公去思碑脱去五六兩葉惜無刊本可録仍當闕之又恐讀者不能卒其文復取宋氏校抄本照此集行欵録附於後可云慎之至矣抑有巧者余向得皇明詩選前後部葉紙背多係明人箋簡爰取此以補此集缺葉而餘者書余跋語以無用爲有用天下事又若相待焉故并誌之

嘉慶三年歲在戊午秋七月處暑後八日棘人黄丕烈識

朱三丈故物今在周香巖家較此本多十一卷之六葉其第五葉仍闕如也蕘圃借歸滂喜亭影寫補入而去所附録宋氏抄本之半 仍留前一葉後他本以續完璧云 八月廿四日 澗薲記

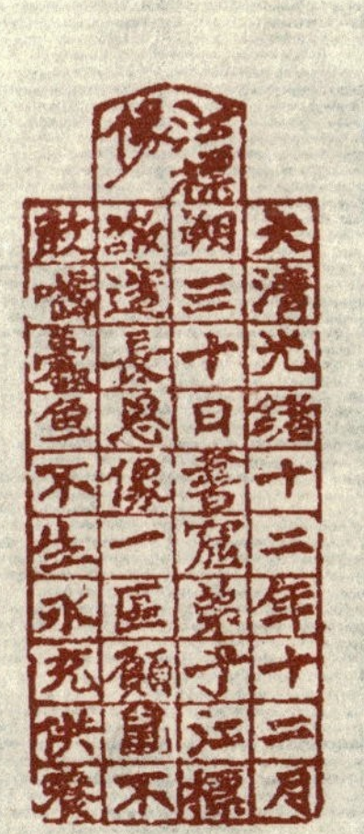

光緒十六年四月廿日武進費念慈從 建甌同年段讀

時久晴望雨甚切念慈記

此僑吴集十二卷雖明中葉刻本字畫古雅猶有宋槧遺意舊為潘笥庵明經所藏建甌太史以古幣數十易得之亦藝林佳話也

辛卯中秋後一日昌熾

圖書在版編目(CIP)數據

僑吳集/[元]鄭元祐撰.—北京:國家圖書館出版社,2010.6
(中華再造善本)
ISBN 978-7-5013-4215-0

Ⅰ.①僑… Ⅱ.①鄭… Ⅲ.①古典文學—作品集—中國—元代 Ⅳ.①I214.72

中國版本圖書館CIP數據核字(2010)第129482號

書名 僑吳集(一函八冊)
著者 [元]鄭元祐 撰
出版 國家圖書館出版社(原北京圖書館出版社)
100034 北京市西城區文津街七號
發行 Tel:(010)66151313 Fax:(010)66121706
E-mail:Btsfxb@nlc.gov.cn(郵購)
印刷 金壇市古籍印刷廠有限公司
開本 八
印張 六一
版次 二〇一〇年六月第一版第一次印刷
印數 一-二〇〇
書號 ISBN 978-7-5013-4215-0
定價 二四四〇圓